AF236199

Bibliografische Information der Deutschen Nationalbibliothek:
Die Deutsche Nationalbibliothek verzeichnet diese Publikation in der Deutschen Nationalbibliografie; detaillierte bibliografische Daten sind im Internet über http://dnb.dnb.de abrufbar.

Homepage: www.bomm-online.eu

Herstellung und Verlag: BoD – Books on Demand, Norderstedt

ISBN: 978-3-7534-9097-7

Manfred Bomm

Die große Chaos AG

Satirische Betrachtung einer pandemischen Lage

wissenschaftlich-Technische Trendanalysen in Euskirchen offenbar aber nichts.

Obwohl manches, was aktuell passiert ist, komisch und bisweilen grotesk wirkt, so ist alles doch viel zu ernst, als dass man es ins Reich der Realsatire verweisen könnte. Das Lachen bleibt einem in diesen Zeiten buchstäblich im Halse stecken. Aber dass Behörden untereinander noch mit veralteten Fax-Geräten kommunizieren oder ausgefüllte Formulare zuhauf in Aktenordnern ablegen und in Kellern verstauben lassen, wo sie kein Mensch mehr zu Gesicht bekommt, das übersteigt das Vorstellungsvermögen selbst derer, die dem Bürokratismus huldigen.

Allen, die das Erlebte mit gebotenem Abstand betrachten und sich hoffentlich gesund und munter darüber wundern können, sei die – natürlich frei erfundene – Geschichte des Baukonzerns Great German AG ans Herz gelegt. Ähnlichkeiten mit tatsächlichen Ereignissen oder realen Personen wären rein zufällig. Wenn Sie, liebe Leser, zu einer anderen Auffassung gelangen, ist das Ihre ureigenste Sache. Sie dürfen sich nach Abschluss der Lektüre gerne zum neuen Studiengang „Master of Desaster" anmelden …

Vorwort

Gewidmet allen, die immer noch nicht fassen können, was seit Anfang 2020 in Deutschland geschehen ist. Natürlich hat eine ernste Pandemie die ganze Welt erfasst. Doch dass ein Land, in dem angeblich alles und jedes bürokratisch geregelt und bis ins letzte Detail nach DIN-Normen durchorganisiert ist, so „kalt erwischt" wurde, muss stutzig machen. Immerhin hatten Experten schon vor Jahren vor einer solchen Gefahr gewarnt. Beispielsweise die weltweit angesehene Fraunhofer Gesellschaft, die größte Organisation für Forschungs- und Entwicklungsdienstleistungen in Europa (Quelle: Wikipedia). Bereits 2013 hatte diese Gesellschaft eine Forschungsarbeit mit dem Titel „Pandemische Influenza in Deutschland 2020 – Szenen und Handlungsoptionen" verfasst. Darin war es „um Millionen von Infektionen, um Zehntausende Tote, um das Schließen von Schulen und um Impfquoten gegangen" (Zitat aus dem Fraunhofer-Magazin 1/21). Hinterher erscheine das Ergebnis wie „eine Blaupause der Gegenwart". Beim Nachlesen dessen, was damals geschrieben worden sei, hätten sich die Beteiligten nach dem Corona-Ausbruch „die Augen gerieben", heißt es in einem Artikel des Fraunhofer-Magazins vom Frühjahr 2021.

Gefruchtet hat diese Erkenntnis aus der Forschungsarbeit des Fraunhofer Instituts für Natur-

1

Es sollte das größte Projekt aller Zeiten sein.
Ein Shopping-Center mit Wohnungen, Büros,
Arztpraxen und Tiefgarage. „Das setzt allem
die Krone auf", hatte Angelika Pörkel, die Chefin des gigantischen Bau- und Immobilienkon-
zerns Great German AG, immer wieder vollmun-
dig behauptet. „Da wird uns die Welt beneiden."
Heute, am Tag des ersten Spatenstichs, war sie
in Begleitung ihres Projektleiters Jeronimus
Kahn gekommen, der dank seines erlernten Be-
rufs des Bankkaufmanns geradezu prädestiniert
für bautechnische Aufgaben zu sein schien.
„Unser Projekt wird so traumhaft, dass wir ihm
einen mediterranen, also spanischen Namen gegeben haben: Das große Corona! Die große Krone
- auf gut Deutsch", schwärmte er jetzt vor
mehreren 100 Gästen, die auf das völlig ver-
wachsene Baufeld inmitten freier Natur gekommen waren. „Wir setzen allem die Krone
auf", fügte er ein. Ein kurzes Murmeln, das
durch die Zuhörerschar gegangen war, irritier-
te ihn nur kurz.
Eigentlich hatte die örtliche Blaskapelle zur
Feier des Tages sogar deutsche Volkslieder in-
tonieren sollen, doch der Leiter des örtlichen
Kulturamts war im letzten Moment energisch
eingeschritten: Deutsche Volkslieder, so gab er

zu bedenken, passten nicht zu einem globalen Projekt und erinnerten allzu sehr an „deutschnationale Tümelei". Erst jüngst hatte sein Kollege in Düsseldorf in einer städtischen Halle ein Konzert mit Heino verboten, weil es der Sänger als „deutscher Liederabend" tituliert hatte. Da half auch der Hinweis nichts, Heino habe sich schon mehrfach von rechtsradikalem Gedankengut distanziert.

Jedenfalls hatten sich auch bei der Planung des Spatenstichs mainstream-gerechte Ansichten durchgesetzt. Jeronimus Kahn, ein rankes und schlankes Bürschchen mittleren Alters, gab sich energisch – zumal er mit diesem Projekt beweisen wollte, dass er das Zeug für eine Führungsposition innerhalb des Unternehmens haben würde. „Wir ziehen das Ding hoch mit der uns eigenen deutscher Gründlichkeit, mit unserem deutschen Organisationstalent und mit deutscher Ingenieurskunst." Beifall brandete auf. Als es wieder still war, ergänzte er: „Wir werden hier die modernsten Maschinen im Einsatz haben. Hightech aus einem Hightech-Land." Wieder Beifall. Dann sollte der erste offizielle Baggerbiss erfolgen – mit einer hochmodernen Baumaschine Made in Germany. Doch als der Kapo den Motor startete, begann sich der Bagger wie wild im Kreis zu drehen. Immer schneller, immer schneller, ohne sich bändigen zu lassen – bis sich die Schaufel durch die Zentrifugalkräfte vom Baggerarm löste und im weiten Bogen über die Köpfe der hell entsetzten Besucher segelte. Projektleiter Jeronimus Kahn legte einstudierte Gelassenheit an den Tag: „Das zeigt, mit welchem Elan hierzulande Großprojekte vorangetrieben werden."

2

Dass die Ausmaße der Baugrube nur provisorisch auf der Rückseite eines alten Lieferscheins skizziert waren, hatte in der anfänglichen Euphorie über das gigantische Shopping-Center niemand wahrgenommen. Um die verantwortlichen Entscheidungsträger und Investoren zu überzeugen, hatte eine Power-Point-Präsentation mit Video-Animationen und kleinen Filmchen ausgereicht – vor allem aber auch die perfekte Rhetorik des Projektleiters, der von einem „architektonischen Leuchtturm" faselte und die perfekte „tangentiale Linienführung" der Außenfassade hervorhob. Diese stelle eine weltweit einmalige Konstruktion dar.
Die Politiker und Behördenvertreter, die das Vorhaben hatten genehmigen und teilweise be-

zuschussen müssen, nickten anerkennend, während sie auf ihren Smartphones eifrig SMS- oder Twitter-Botschaften tippten oder sich gelangweilt mit digitalen Spielchen ablenkten. Innerhalb des Baukonzerns freilich stand die bange Frage im Raum, wer die Leitende Bauingenieurin Angelika Pörkel, neuerdings auch Chief Executive Officer (abgekürzt: CEO) genannt, ablösen und ihr Nachfolger werden würde. Nach mehreren Jahrzehnten einsamen Managertums, während dem sie jeden Emporkömmling brüsk abserviert hatte, wollte sie sich langsam zurückziehen – was viele um sie herum für längst überfällig hielten, es aber so nicht sagen wollten.

Zu der Frage, wer ihr nachfolgen sollte, jagte eine Sitzung die andere. Mancher aus Vorstand, Aufsichtsrat und Aktionären wusste bisweilen überhaupt nicht mehr, ob die Tagesordnung neben den allgegenwärtigen Personalfragen auch noch andere Themen beinhaltete. Von dem Großprojekt verstanden die an der Computer Maus klickenden COOs (Chief Operating Officer) genauso wenig wie vom tieferen Sinn ihrer Ehrfurcht einflößenden englisch-abgekürzten Titel, die dazu angetan waren, mangelnde Sachkenntnis durch überhebliches Auftreten zu übertünchen. Wer sich heute nur noch „Geschäftsführer" oder „Personalchef" nannte, galt als äußerst rückständig. Mit Titeln war mehr Knete zu scheffeln als mit konservativen Bezeichnungen. Chiefs wohin man blickte. Für Marketing, Financial, Operating und Technology. Fehlte nur noch der Chief CTC, der Chief Toiletten Cleaner. Aber auch der würde noch kommen.

Viele aus der Chief-Manager-Riege des Baukonzerns verbrachten die trögen Tage am Firmensitz mit Klatsch und Tratsch. Wer als Chief Marketing Officer (CMO) die hohe Kunst beherrschte, wortreich und nichtssagend vor einer Fernsehkamera über Unsinniges zu fabulieren oder Entlassungen mit dem Wort „Freistellungen" schönzureden, hatte die größten Chancen, ständig interviewt oder zu Talkshows eingeladen zu werden. Noch besser: Wer auf der Klaviatur der Medien zu spielen verstand, wusste natürlich, wie man ein paar Tage lang in die Schlagzeilen von Presse, Funk und Fernsehen geriet: möglichst zur nachrichtenarmen Zeit vor einem langen Feiertagswochenende irgendetwas völlig Unsinniges hinausposaunen, was für Aufregung sorgte. Damit war sichergestellt, dass man bis zum nächsten Werktag im Gespräch blieb – bis man von der Chief Executive Officerin (CEO) Angelika Pörkel zurückgepfiffen wurde. Derlei Vorgehen hatten sie alle von den Hinterbänklern der Politik gelernt. Wer mal Schwachsinniges verzapfte und sein Unvermögen bewies, büßte zwar ein bisschen Ansehen ein, hatte sich aber immerhin ein paar Tage im medialen Scheinwerfer sonnen können.

In dem Konzern Great German AG hingegen konnte man sich mit vielerlei Reizthemen hervortun, um das eigene Ego zu pflegen und gleichzeitig von wichtigen Themen abzulenken. Beliebt waren derzeit die innerbetrieblichen Kontroversen zur „gender-gerechten" Sprache. Wer als normaler Arbeitnehmer draußen auf den Baustellen noch nie etwas davon gehört hatte, weil ihn ganz andere Probleme und Existenzängste plagten, wusste allerdings mit so Begriffen wie „generisches Maskulinum" nichts anzufangen. Sprich: dass die traditionsreiche deutsche Sprache mit der männlichen Form alle Geschlechter meint. Also dass auch Frauen „Bürger" und „Mitarbeiter" sind — ohne dass die männliche und weibliche Form mit einem unaussprechbaren Sternchen, einem großen „I" in der Mitte oder gar einem Unterstrich getrennt wurden. Das waren die wirklichen Probleme, die die Führungskräfte beschäftigten, während sie die Arbeiter bei Wind und Wetter malochen ließen und ihnen Urlaubs- und Weihnachtsgeld strichen. Und falls sie dem handwerklich tätigen Volke in wenigen Einzelfällen eine geringfügige Lohnerhöhung zugestanden, war ohnehin rasch der Staat zur Stelle, der die Malochenden mit Steuerprogression und Bemessungsgrenzen der Sozialversicherung dann umso kräftiger schröpfte. Damit war ihr Aufstieg in gesellschaftlich höhere Schichten gedeckelt und sichergestellt, dass sie es mit normaler Hände Arbeit nicht dorthin schafften, wo die CEO-Elite sich bequem eingerichtet hatte.

Die CEOs aller Abteilungen – oder besser gesagt: aller „Divisionen", wie es inzwischen militärisch prägnant hieß – waren natürlich davon überzeugt, dass die zweifelsohne notwendige und absolut erstrebenswerte Gleichberechtigung von Mann und Frau von einer politisch inspirierten Kunstsprache abhing. Dass sich die Frauen damit selbst diskriminierten, war im Eifer des Gender-Fiebers wohl bisher weder im Aufsichtsrat noch in der Vorstandschaft des Unternehmens aufgefallen – und den Aktionären schon gar nicht. Vielleicht auch deshalb, weil inzwischen das Schönreden und Blenden weit verbreitet war und zu den Voraussetzungen für einen Aufstieg ins obere Chief-Management gehörte. Ein älterer Herr aus der Runde hatte einen Vorschlag „zur Güte": Wenn die Frauen glaubten, mit einer gender-gerechten Sprache den Männern gleichgestellt zu werden, könne dieser Wunsch doch jederzeit erfüllt werden. Betriebswirtschaftlich gesehen käme diese sprachliche Veränderung den Konzern viel günstiger, als den Frauen dasselbe Gehalt wie den Männern zu bezahlen. Er erntete frenetischen Beifall in dieser überwiegend aus Männern bestehenden Runde, in der sich CEO Angelika Pörkel schweigend eines Kommentars enthielt. Sie nervte es unsäglich, dass für die Dokumente der Baugenehmigung bereits monatelang über gender-gerechte Formulierungen gerungen wurde. Man hatte sogar einen „Runden Tisch" zu der Frage einberufen, ob es nun „der Plan" oder „der/die Plan*in" heißen musste. Auch der „Runde Tisch", seit Jahr und Tag maskulin, sollte umbenannt werden. Die Forderung stand im Raum, ihn zu verfraulichen und als „die Tischrunde" zu bezeichnen. So, wie es inzwischen statt „Studenten" nur noch „Studierende" gab, statt „Schülern" die „Lernenden" und statt „Lehrern" die „Lehrenden". Konferenzteilnehmer sollten künftig mit „die an der Konferenz teilnehmenden Personen" umschrieben werden.

Und weil auch die Diskussionsbeiträge gendergerecht formuliert sein mussten, zogen sich manche Wortbeiträge sogar im Betriebsrat in die Länge, ja, bisweilen war am Ende eines gesprochenen Satzes gar nicht mehr klar, was der Redner, respektive die Rednerin, überhaupt gemeint hatte – mit der zwangsläufigen Folge, dass sich neuer Gesprächsbedarf entwickelte, den zu diskutieren es weiterer Meetings bedurfte. Die Protokolle umfassten inzwischen viele 1.000 Seiten, gespickt mit Fußnoten und Anträgen. Einzig Projektleiter Jeronimus Kahn stand charmant lächelnd vor den Kameras fragender Wirtschaftsjournalisten eines Börsenblatts und beantwortete routiniert Fragen zum verzögerten Baubeginn: „Wir führen intensive Gespräche und haben bereits mehrere Tonnen Beton bestellt."

3

Sie lobten und priesen sich gegenseitig ob ihrer phänomenalen Fähigkeiten, Projekte anzugehen und die damit verbundenen Probleme zu lösen. Dass in anderen Ländern bereits ähnliche große Bauvorhaben sehr erfolgreich in Angriff genommen worden waren, hatten sie im Eifer ihres gegenseitigen Schulterklopfens nicht bemerkt. Niemand würde schließlich so viel Know-how und Begeisterung aufbringen wie sie, die sie sich im Umfeld der weit und breit besten Koryphäen wähnten. Nichts konnte schiefgehen, ja die ganze Welt würde neidvoll auf sie blicken, wenn sie das größte und beste Shopping-Center zuwege brachten. Immerhin durften sie sich über exzellente Planer freuen, die bereits so lächerliche Projekte wie einen Großstadtflughafen und einen unterirdischen Bahnhof termin- und kostengerecht abgewickelt hatten. Auch die Baustoffe – daran bestand nicht der geringste Zweifel – würden rechtzeitig angeliefert, und zwar von den weltweit besten und zuverlässigsten Lieferanten. Den Beton hatte der zuständige Abteilungsleiter – ein begnadeter Veterinär, der sich mit der fachgerechten, vor allem aber homöopathischen Mischung des Baustoffs auskannte – bei dem Unternehmen Astra Zementika bestellt.

So kleine Pannen wie seitenverkehrte Baupläne waren da nur eine Lappalie. Nach eingehender Prüfung hatte sich schnell ein Schuldiger für das Malheur gefunden: Eine „lernende Person" – früher hatte man despektierlich „Lehrling" gesagt – der/die mit der Bedienung eines historischen Faxgerätes aus dem vergangenen Jahrhundert nicht vertraut gewesen war, hatte offenbar die Pläne verkehrt herum auf das Gerät gelegt.

Und obwohl auch vier Wochen nach dem feierlichen Spatenstich noch kein Fortschritt zu erkennen war, gab sich Jeronimus Kahn vor den ungeduldigen Wirtschaftsjournalisten zuversichtlich: „Es läuft alles bestens." Die Bauarbeiten seien jedoch von der Berufsgenossenschaft gestoppt worden, weil es mit der Anlieferung eines Dixie-Klos Probleme gegeben habe. Dies, das musste Kahn einräumen, habe man vergessen zu bestellen. Derzeit werde noch geprüft, wie viele dieser mobilen Toiletten aufgestellt werden müssten, denn die Anzahl richte sich nach der Personalstärke der Bautrupps. Außerdem habe man die Frauenbeauftragte eingeschaltet, weil auch die Frage nach Toiletten für Damen geprüft werde. Noch nicht abgeschlossen war die Diskussion darüber, ob auch für das „diverse" Geschlecht ein Häuschen erforderlich sei.

Noch bevor richtig gebaggert werden durfte, musste ein archäologischer Gutachter hinzugezogen werden, weil im Untergrund ein Gräberfeld mit Computerteilen einer technischen Hochkultur aus dem 10. Jahrtausend vor Christus vermutet wurde, möglicherweise aber auch von Außerirdischen. Außerdem hatten Umweltschützer damit gedroht, drei morsche Bäume, die geopfert werden sollten, zu besetzen. Andere hatten unmittelbar nach dem ersten Spatenstich den seltenen Halsbandschnäpper auf dem Bau-Areal entdeckt, in Kombination mit der äußerst seltenen dreischwänzigen Zauneidechse. Von dem streng geschützten Juchtenkäfer fand sich sogar eine komplette Kolonie. Dass sich ganz in der Nähe ein Zoohändler angesiedelt hatte, der just diese Tiere im Sonderangebot hatte, war unbemerkt geblieben.

4

Das Management des Baukonzerns war ob dieser Verzögerungen keinesfalls beunruhigt, gab es doch hausintern genügend zu tun. Denn seit die Chief Executive-Officerin (CEO) ihren Rücktritt angekündigt hatte, buhlten zwei mögliche Nachfolger um den Chefsessel: Arnold Watschel und Marius Rödler. Der eine eine rheinländische Frohnatur mit Führungserfahrung in Karnevalsklubs und einigen Ortsverbänden des Frohen Alters, und der andere, ein g'standener bayerischer Franke, der selbstbewusst mit klaren Worten und klarer Ansage durchaus Moderator bei einem Open-Air-Konzert hätte sein können.

Obwohl es genügend Probleme mit dem Großprojekt gab, zumal offenbar auf dem Weltmarkt nicht ausreichend Baustoff vorhanden war, arteten die regelmäßigen Vorstands- und Aktionärsversammlungen in ein Hauen und Stechen um die künftige Führungsebene aus. Um den immer weiter hinausgezögerten Baubeginn zu kaschieren, wurde für die angeheuerten Bautrupps vorsorglich ein Ausgehverbot angeordnet, für das man den schönen Namen „Lockdown" erfand. Wie überhaupt es vorteilhaft war, dank der beliebten Anglizismen mit Begriffen, deretwegen das normale Volk in völliger Unkenntnis der Bedeutung in Ehrfurcht erstarrte, alte soziale Zöpfe abzuschneiden. Watschel, der mit breitem Lächeln im Gesicht krampfhaft Optimismus zu verbreiten versuchte, erweckte bei seinen flammenden Reden immer häufiger den Eindruck, am Ende eines jeden Satzes auf einen karnevalsmäßigen Tusch zu warten. Er schien dünnhäutiger zu werden, weil mit jeder neuen Sitzung der Aktionäre die Sympathie für seinen Widersacher Marius Rödler wuchs. Umfragewerte hievten ihn ganz nach oben auf die Liste der beliebtesten Manager des Landes.

Zwar hatten die Chiefs of Allerlei (COA), die es in jedem Konzern inzwischen zuhauf gab, in der Vergangenheit stets mit Argusaugen beobachtet, ob die Aktiengesellschaft in den regelmäßig durchgeführten repräsentativen Umfragen ganz oben stand. Doch jetzt, da ihr Ansehen gesunken war und die breite Öffentlichkeit nur Marius Rödler als geeigneten „Chief of All" betrachtete, wollte die Manager-Riege von derlei Rankings nichts mehr wissen. Umfragen seien nur „lächerliche Momentaufnahmen", hieß es plötzlich. Und die dummen Aktionäre würden bis zur letztendlichen Entscheidung schon noch begreifen, was sie an Watschel hatten, der tief in den Konzern eingebettet war.

Überhaupt schien den Managern inzwischen jegliche statistische Auswertung, sofern sie nicht den eigenen Konzern betraf, ziemlich fragwürdig und suspekt. Wie wenig solchen Angaben zu trauen war, hatten sie nämlich jüngst erfahren, nachdem sie sich darüber gewundert hatten, dass in den sogenannten Musik-Charts oftmals die wildesten Rapper mit den brutalsten Texten ganz weit oben platziert waren. Das konnte doch nicht wahr sein! Alles nur geschummelt und getrickst, hatte es im Kommentar eines angesehenen Journalisten und Buchautors geheißen. Darin war über einen Hacker berichtet worden, der sich Zugang zu vielen Konten von Spotify, dem weltgrößten Musikportal, verschafft hatte, um unbemerkt über fremde Accounts Musik in Endlosschleife herunterzustreamen. Derlei Methoden führten zu traumhaften Zahlen für die Statistik. Ja, es sollte sogar Stars geben, die ihre eigenen Alben in großem Stil aufkauften, um Verkaufszahlen zu schönen. Ein Schelm, der vermutete, dass auch Buchautoren oder deren Ghostwriter dies auf ähnliche Weise taten.

Oft wurden die Gespräche bei den Konferenzen mit derlei Themen und Bemerkungen abgelenkt. Kein Wunder also, dass die Baustelle stillstand, obwohl die verantwortlichen Chiefs nächtelang zusammensaßen und diskutierten.

Zwar bemerkte Projektleiter Jeronimus Kahn, dass der Beton weltweit immer knapper wurde und große Mengen in andere Länder abgezogen wurden, doch wollte er dieses Problem nicht explizit ansprechen. Stattdessen gab er sich weiterhin zuversichtlich, notfalls über die EU genügend Baustoff beziehen zu können. Im Übrigen stünde es Deutschland angesichts seiner finsteren Vergangenheit ohnehin nicht gut an, sich an vorderster Front um Beton zu kümmern. „Schließlich haben wir genügend Betonköpfe", argumentierte Kahn bei einer Talkshow im Fernsehen.

Inzwischen drohte die teilweise ausgehobene Baugrube allerdings wieder einzustürzen und zuzuwachsen. Einige der dort bereits abgestellten Baumaschinen, die ohnehin nicht auf dem aktuellen Stand der Technologie waren, rosteten einsam vor sich hin. Es schien so, als seien die hehren Worte vom Tag des ersten Spatenstichs ungehört verklungen. Inzwischen wurden im weiten Umkreis die Gaststätten geschlossen, damit sich die ungeduldigen Bauarbeiter nicht sinnlos betrinken konnten. Außerdem wurde ihnen ein Reiseverbot auferlegt, um sie endgültig vor Ort festzuhalten.

Dass es in Deutschland einige sehr kompetente Betonhersteller gab, die sensationelle Neuentwicklungen hervorgebracht hatten, war den Konzern-Managern im Eifer ihres Personalkarussells entgangen. Ausländische Immobilienfirmen orderten zuhauf deutschen Beton, der in den USA und in Israel reichlich Abnehmer fand. Aber Projektleiter Jeronimus Kahn versicherte gebetsmühlenartig, dass man das Shopping-Center fertigstellen könne, wenn man nur Geduld habe. Sogar Watschel schaltete sich bisweilen ein und gab die Linie charmant lächelnd vor: „Tempo, Tempo. Der Bau muss jetzt Tempo aufnehmen. Aber vorher müssen wir testen, ob der Beton auch für unser Klima taugt." Ein Sachverständiger hatte dafür den sogenannten „Zementizenz"-Wert eingeführt. Je höher dieser war, für desto brüchiger wurde der Beton eingestuft.

Die Tests, mit denen auch bestehende Gebäude überprüft werden konnten, brachten teilweise schockierende Ergebnisse zutage: Viele Häuser waren akut einsturzgefährdet. Kahn trat wieder vor die Kameras und betonte, der Konzern werde jedem Hausbesitzer ein entsprechendes Betontestgerät zur Verfügung stellen. Sehr schnell, so rechnete der gelernte Bänker flugs vor, habe „jeder vierte Bürger" die Möglichkeit sein Gebäude zu prüfen – „und bald werde es sogar jeder fünfte sein." Was für ein Glück, dass die meisten Menschen diese Art von Mathematik nicht verstanden ...

Selbst eine jung-dynamische Aufstreberin im Aufsichtsrat, die Anna Lehner, hatte nicht gestutzt, zumal ihr Fachgebiet ohnehin die Physik und die Mystik zu sein schienen. Erst kürzlich war sie mit ihrem profunden Wissen, wonach in Akkus so kleine putzige Kobolde den Strom speicherten, in die Schlagzeilen geraten.

CEO Angelika Pörkel ließ sich angesichts dieses geballten Sachverstands der beiden Aufsichtsratsmitglieder in ihren Chefsessel sinken und seufzte: „Gute Nacht, Deutschland."

5

Bei der nächsten Aktionärsversammlung der Great German AG war die Frage nach dem fehlenden Beton im allgemeinen Tumult zu der Frage, wer den Konzern künftig leiten sollte, erneut völlig untergegangen. Denn inzwischen begannen sich die Aktionäre über die Zukunft der Aktiengesellschaft zu zerfleischen. Immer häufiger machte bei den gegenseitigen Vorwürfen das nie zuvor gehörte Wort von „Schmutzeleien" die Runde. Die Suche nach jenem obersten Versager (oder Versagerin), der/die das Beton-Chaos zu verantworten hatte, war uninteressant geworden. Auch die Medien befassten sich ausführlich nur mit dem Zweikampf Watschel versus Rödler.

Den meisten in der Konzern-Zentrale war dies gar nicht so unrecht, konnten sie doch auf geschickte Weise von dem Desaster des zunehmend verkorksten Projekts ablenken. Die gelangweilten Bauarbeiter wurden zwar langsam ungeduldig, doch konnten sie mit dem zweifelhaften Versprechen, ihre Löhne würden aus einem unerschöpflichen Finanztopf weiterbezahlt, vorläufig ruhiggestellt werden. Um sie zu beschäftigen, stellte man ihnen zuhauf Betontestgeräte zur Verfügung, mit denen sie landesweit die von der Great German AG in der

Vergangenheit errichteten Gebäude auf ihre Standfestigkeit prüfen konnten. Allerdings hatte dies fatale Folgen. Denn je mehr sie testeten, desto mehr desolate Bausubstanz kam zum Vorschein.

Und weil vielerorts akute Einsturzgefahr konstatiert wurde, mussten bereits unzählige Straßen gesperrt und den Bewohnern Ausgehverbote auferlegt werden. Der sogenannte Zementizenz-Wert nahm bedrohliche Formen an, wovon sich jedoch die Great German AG distanzierte. Sie versicherte, dass man alles daransetzen werde, die Bausubstanz zu sanieren und zu retten. Doch darüber, wie sie dies innerhalb kürzester Zeit bewerkstelligen wollten, schwiegen sich die Verantwortlichen aus. Mehr als Straßensperrungen fiel ihnen nicht ein.

In den Chefetagen des Konzerns schien man über die Probleme der betroffenen Hausbesitzer locker hinwegzugehen. Die bedeutenden Damen und Herren CO-Sonstwas fühlten sich in ihrer behaglichen Verwaltungsblase wohl, ohne auch nur im Geringsten erahnen zu können, wie es den Leuten drumherum erging.

Inzwischen war in der Konzernzentrale die Idee ausgebrütet worden, man könne das Zementproblem mittels einer App in den Griff bekommen. Jeder, der sein einsturzgefährdetes Gebäude freiwillig auf den Zementizenz-Wert testete, sollte das Ergebnis freiwillig in die App programmieren lassen, um andere vor dem möglichen Einsturz zu warnen. Was natürlich kaum jemand tat, um sich nicht als Besitzer einer Schrott-Immobilie outen zu müssen. Mittlerweile war auch klar geworden, dass man es versäumt hatte, ein fälschungssicheres Zertifikat („Betonpass" genannt) für die Testergebnisse zu entwickeln.

Weil ohnehin der übermächtige Datenschutzbeauftragte, der schon einmal in einer Computerzeitschrift etwas Unverständliches über Hacker gelesen hatte, allerhöchste Bedenken anmeldete, mussten mehrere Versuche unternommen und viele Millionen Euro investiert werden, um wenigstens die App auf den neuesten Stand zu bringen. Dass konkurrierende Konzerne in anderen Ländern bereits erfolgreiche Apps dieser Art auf den Markt gebracht hatten, entzog sich der Kenntnis der Great German AG. Die CO-Allerweltswisser hatten sich trotz ihrer weithin bekannten digitalen Ahnungslosigkeit vorgenommen, etwas viel Innovativeres zu basteln. Sozusagen das Rad neu zu erfinden. CEO Angelika Pörkel, die erst vor Kurzem völlig konsterniert bemerkt hatte, dass Internet & Co. kein „Neuland" mehr waren, legte ihr Nokia-

Handy, Baujahr 1987 und gerade mal SMS-
tauglich, schweren Herzens beiseite und gab
dem Druck ihrer nur unwesentlich jüngeren
Vorstandsmitglieder nach, die freilich unter
einer „Maus" zu allererst noch ein Nagetier
vermuteten und zuhauf im Baumarkt Mausefal-
len bestellen wollten.

6
Unterdessen hatte sich auch der Betriebsrat
der Great German AG aufgespalten. Einerseits
waren da die konservativen Kräfte, die darauf
drängten, dass Pörkels Nachfolger in deren bis-
herigem Stil weitermachen sollte: ruhig, gelassen, unaufgeregt jegliches Problem so lange
aussitzend, bis es die Medien nicht mehr inter-
essierte oder bis – was zunehmend häufiger
vorkam – ausländische Konkurrenten herzhaft
über rückständiges Vorgehen lachten, insbe-
sondere bei der Beschaffung von Beton und
Zement.
Andere Mitglieder des Betriebsrats drängten
auf Veränderung, forderten, dass die CEO-Cli-
que einen Teil ihres Vermögens an die Arbeiter
verteilen sollte. Eine deutlich geschrumpfte soziale Gruppe begann, sich von den Sünden früherer Beschlüsse zu distanzieren, mit denen

auf kunstvolle Weise die Arbeitslosenzahlen geschönt und Zwangsmaßnahmen verharmlost wurden, die den schönen Namen eines früheren Personalvorstands der Volkswagen AG trugen. Auch dass sie mitschuldig daran waren, dass Rentner für ihre jahrelang angesparte Altersversorgung nun nahezu ein Fünftel ihres erhofften Auszahlungsbetrags an die Kranken- und Pflegeversicherung „abdrücken" mussten, wollten sie nicht mehr wahrhaben, zumal sie dies ja nur aus Zuneigung zu einer anderen Gruppierung mitgetragen hätten, die sich für vielerlei positive Änderungen stark mache.

Die Diskussion über Sünden der Vergangenheit, die man – wenn überhaupt – nur missmutig eingestehen wollte, waren ebenso lebenswichtige Themen wie die Einführung veganen Essens in der Betriebskantine, das Umsteigen aufs Fahrrad bei der täglichen Fahrt zur Arbeit oder der Verzicht auf ein bescheidenes Eigenheimchen, das künftig durch betonierte, erfahrungsgemäß sozialverträgliche Wohnsilos ersetzt werden sollte, natürlich von der Great German AG errichtet. Die kommunikative Verbindung zwischen den meist schattigen Innenhöfen sollte mittels berittener Boten erfolgen, wofür man umweltfreundliche Hofreiter einstellen wolle.

In der jetzigen Sitzung des Betriebsrats erhob diese Gruppierung die Forderung, bei künftigen Wohnblock-Neubauten so lange auf elektrische Energie zu verzichten, bis der Strom nicht mehr aus der Steckdose, sondern von Windrädern und Fotovoltaik kam, oder — noch besser — aus den Gehegen dressierter, Elektrizität ausbrütender Kobolde. Um den Bewohnern vorübergehend trotzdem regenerative Energie zu bieten, solle man in den Fahrrad-Tiefgaragen die Möglichkeit schaffen, über pedalgetriebene Dynamos an Hometrainern den Strom zu produzieren und ins Leitungsnetz des Haues zu leiten. Jeder Bewohner bis zum 75. Lebensjahr sei dann gezwungen, täglich zwei Stunden für Dynamo-Strom zu strampeln. Dies schone die Umwelt und fördere die Fitness.

In der heftigen Diskussion dazu gingen die Forderungen einiger anderer Gruppierungen beinahe unter. Die einen verlangten von der Konzernleitung traumtänzerisch den Abbau bürokratischer Hemmnisse und frei gestaltbare Homeoffice-Arbeitszeiten, die sich an den Bedürfnissen der Arbeitnehmer und deren Hunde-Gassi-Zeiten orientierten. Andere hingegen wollten mit sofortiger Wirkung alle Beschäftigten entlassen, die aufgrund fehlender Sprachkenntnisse die Anweisungen des Kapos nicht verstünden, was zwangsläufig zu Baufehlern führe.

Als völlig unerwartet und außer Atem Projektleiter Jeronimus Kahn im Konferenzraum auftauchte, verstummten die gereizten Stimmen. „Verzeihen Sie die Störung", prustete er, „aber wir haben ein großes Problem."

Alle Augen waren auf den schlanken Mann mit der eckigen Brille gerichtet. Mit kreidebleichem Gesicht verkündete er: „Damit wir uns auf den Baustellen überall unmissverständlich artikulieren können, müssen wir ab sofort unsere Sprachgewohnheiten ändern."

„Ich hab's doch gewusst", rief jener aus der Gruppe, die soeben erst für die klare deutsche Sprache votiert hatte, „wir müssen endlich Deutsch als Baustellen-Amtssprache einführen. Denken Sie daran, wohin der Turmbau zu Babel geführt hat."

Niemand wollte darauf eingehen – vermutlich, weil kaum jemandem diese biblische Geschichte zum Sprachengewirr vertraut war, das letztlich zum Einsturz eines Turmes geführt hatte.

„Neues Gesetz", hechelte Kahn: „Das Buchstabier-Alphabet muss umgeschrieben werden. Kein Anton, keine Berta, kein Cäsar, keine Dora, kein Emil mehr..."

„Wie das denn?", wagte jemand, vorsichtig zu fragen.

„Weil die Nazis das mal so geändert haben. Und das wollen wir doch so nicht fortführen. Das hat der baden-württembergische Antisemitismus-Beauftragte Michael Blume angestoßen. Solche Relikte aus der Zeit der Nationalsozialisten gelte es zu streichen." Andächtiges Schweigen machte sich breit. Kahn fuhr fort: „Aus ‚David' haben die damals ‚Dora' gemacht, aus dem ‚Nathan' den ‚Nordpol' und aus ‚Samuel' den ‚Siegfried' . Zwar hat man diese Diktiertafel nach 1945 überarbeitet, aber nicht vollständig genug." Für „N" sei „Nordpol" geblieben, obwohl dies jener Ort sei, von dem „nach der alternativen Geschichtsschreibung der Nazis die Arier herkommen".

Einige COEs, denen nur das internationale englische Buchstabier-Alphabet mit „Alpha, Bravo, Charlie, Echo" und so weiter ein Begriff war, brauchten einige Zeit, um die Erregung Kahns zu verstehen, der sogleich fortfuhr: „Das Deutsche Institut für Normung, wir kennen das unter der Abkürzung DIN, hat die Diktierregeln nach DIN 5009 bereits im Herbst 2020 überarbeitet." Einer aus der Runde bemerkte ironisch: „Aber das ‚A' für ‚Anton' haben die damals gelassen. Da hätte es wahrlich noch schlimmer kommen können."

Alle nickten und ahnten: Derlei Themen waren in dieser Krisenzeit wirklich von existenzieller Bedeutung. Natürlich wollte keiner aus der Runde, dass irgendein Relikt aus diesem finstersten Kapitel deutscher Geschichte übrig blieb, aber man sollte doch bei allem Verständnis die Kirche im Dorf lassen.

Für Kahn allerdings genoss das Thema höchste Priorität: Die derzeitige Buchstabiertafel spiegele aus Sicht des DIN-Instituts die kulturelle Diversität der Bevölkerung Deutschlands nicht ausreichend wider. Ein gutes Dutzend Experten befasse sich deshalb mit der Reformierung der Buchstabenbezeichnungen. Künftig wolle man statt Vornamen lieber unverdächtige Städtenamen verwenden. Also statt „Anton" künftig „Aachen" und statt „Berta" besser „Berlin". Kahn appellierte an die Konferenzteilnehmer, sich darauf einzustellen. Denn manche Beschlüsse gingen hierzulande schnell über die Bühne. Er zog ein ernstes Gesicht: „Denken Sie nur daran, wie schnell der Bundestag 2017 innerhalb einer einzigen Woche die Gesetzesvorlage für die ‚Ehe für alle' beschlossen hat." Man dürfe das Tempo, das bisweilen an den Tag gelegt werde, nicht unterschätzen.

7

Die Nachricht schlug wie eine Bombe ein: Der Betonhersteller Astra Zementika meldete Lieferengpässe, weil überall auf der Welt wie wild gebaut wurde. Zwar hatten einige deutsche Schlauköpfe einen neuartigen Baustoff entwickelt, der um ein Vielfaches besser wäre, doch schienen sich diesen die konkurrierenden Konzerne aus dem Ausland bereits unter die Nägel gerissen zu haben. Ein Staatspräsident soll sogar höchstpersönlich Tag und Nacht einen der Entwickler in Deutschland telefonisch bekniet haben, entsprechende Mengen zu liefern. Doch in der Konzernzentrale von Great German AG hatte man angesichts anderer Themen gar keine Zeit gehabt, sich intensiv darum zu kümmern. Ohnehin waren Telefongespräche zu wichtigen Angelegenheiten verpönt, weil man es seit der Erfindung des Papiers gewohnt war, alles nur schriftlich zu erledigen. So wurden oftmals E-Mails zwar geschrieben, aber nicht versendet, sondern – falls der Drucker gerade mal funktionierte – ausgedruckt und mit Boten zugestellt. Das war auch sinnvoller, weil die digitale Technologie noch nicht überall im Lande Einzug gehalten hatte. Dieses Manko hatte man erst kürzlich festgestellt, nachdem jegliche Versuche, autonom fahrende Autos auf die

Straßen zu schicken, an fehlenden Internet-Verbindungen gescheitert und die herumvagabundierenden Fahrzeuge reihenweise in Straßengräben gelandet waren. Dies dürfte dann auch der Grund gewesen sein, weshalb die einst fieberhafte Forschung für selbstfahrende Autos sang- und klanglos reduziert wurde. Oberstes Gebot für den Konzern Great German AG war es nun, Presse, Funk und Fernsehen plausibel darzulegen, weshalb das Bauvorhaben auch noch nach einem Jahr brach lag. Die PR-Manager und Pressesprecher hatten alle Hände voll zu tun, das böse Wort vom „Versagen" gleich gar nicht aufkommen zu lassen. Oberste Prämisse war: Niemand hatte Schuld. Im allgemeinen bürokratischen Zuständigkeitswirrwarr, der nicht nur Regierungen, sondern auch die Unternehmen lähmte, konnten die verschlungenen Entscheidungswege durch bisweilen auch absichtlich geworfene Nebelkerzen nicht mehr nachvollzogen werden. Insider und Außenstehende staunten dann, dass es unmöglich war, einen Verantwortlichen zu finden. Ginge es in der Kriminalität um ein Tötungsdelikt, müsste von einem „perfekten Mord" gesprochen werden, den es angeblich nicht geben konnte. Aber in der Wirtschaft und hie und da auch in der Politik gab es offenbar das „perfekte Verbrechen": Man hatte zwar einige Verdächtige, aber nachzuweisen war meist niemandem etwas.

Inzwischen musste Projektleiter Kahn einräumen, dass selbst bei ausreichender Belieferung mit Zement und Beton im Konzern gar nicht genügend freie Kapazität für einen raschen Baubeginn vorhanden wäre. Im zurückliegenden Jahr habe man mehrere Zweigbetriebe und Außenstellen nämlich stillgelegt. Angeblich aus Personalmangel. Dass immer mehr Bauarbeiter ob des geringen Lohns gekündigt hatten, wurde ins Reich der Märchen verwiesen. In Wirklichkeit, so Kahn, habe man die Zweigbetriebe aus wirtschaftlichen Gründen abgestoßen. Der Konzern habe sich sozusagen „gesundschrumpfen" müssen. Den Vorwurf aus Kreisen des Betriebsrats, die jetzt zunehmend kritische Lage damit selbst herbeigeführt zu haben, versuchte Kahn, der gelernte Bänker, mit Zahlenakrobatik zu schönen.

Im Übrigen, so betonte er, habe man bereits große Anstrengungen unternommen, die Arbeiter besser und fair zu entlohnen. Zwar nicht mit dem schnöden Mammon, sondern mit Applaus. Vor Arbeitsbeginn und nach Feierabend stünden engagierte Claqueure bereit, um den Arbeitern zuzujubeln. „Das ist wertvoller als Geld", erklärte Kahn.

8

Horrormeldungen jeglicher Art schienen an den CEOs der Konzernspitze abzuprallen. Deren Fokus richtete sich seit Wochen nur auf die Nachfolge der Vorstandsvorsitzenden. Watschel und Rödler ließen keine Chance ungenutzt, sich vor Mikrofone und Kameras zu drängen und ihre sensationellen Vorschläge zur Bewältigung der Zement- und Betonkrise darzulegen. Watschel hatte sich sogar einen Karnevalsorden umgelegt, um sich als Würdenträger rein optisch in Szene zu setzen, während sein Kontrahent Rödler ökologisch-fortschrittlich Bäume umarmte und damit seine Verbindung zur heimischen Scholle zum Ausdruck brachte. Bei einer repräsentativen Umfrage unter den Aktionären hatte er längst die meisten Befürworter erzielt und wurde von einer Woge der Sympathie getragen, sodass es für ihn klar war, dass nur er der neue Chef sein konnte. Obwohl sie nächtelang diskutierten, stritten und drohten, wollte keiner von ihnen nach- und den Anspruch auf den Chefsessel aufgeben. Watschel, allen negativen Umfrage-Ergebnissen zum Trotz, schon gar nicht.

Letztlich sollte deshalb eine kleine Arbeitsgruppe der Konzernspitze entscheiden, die jedoch von Watschels Gefolgsleuten in die Zange

genommen wurde. An vorderster Front ver-
kämpften sich für ihn die selbst ernannten
„Grandseigneure" des Unternehmens, also die
„grauen Eminenzen" – als da waren der innovati-
ve 98-jährige Holger Puffer und der jugendli-
che 104-jährige Wolfried Häuble. Der eine legte mit sonorer und damit bedeutungsschwerer
Stimme klar, dass nur Watschel als Nachfolger
infrage käme. Und Häuble, der es stets verstand, seine jahrzehntelange Erfahrung als Be-
weis für die unanfechtbare Richtigkeit seiner
Aussage hervorzuheben, bekräftigte diese Ein-
schätzung vehement.

Zwar hatten sie in der Vergangenheit auf die
regelmäßig erhobenen Umfragewerte zum
Image des Konzerns wie das Kaninchen auf die
Schlange gestarrt und sogar bei nur leicht sin-
kenden Zahlen einen Weltuntergang befürch-
tet. Jetzt aber, so betonten sie immer wieder,
spiele der enorme Sympathiewert Rödlers keine
Rolle. Umfragen seien immer nur „Momentaufnahmen", betonten sie so oft, dass man meinen
konnte, sie wollten sich selbst Mut zusprechen.
Und sie waren davon überzeugt, dass die
stimmberechtigten Aktionäre ohnehin ihre Mei-
nungen in den nächsten Monaten noch ändern
und selbstkritisch erkennen würden, dass sie
das große Ganze im Konzern ihres eigenen Un-

vermögens wegen nicht überblickten, und nur der Aufsichtsrat allein die nötige Kompetenz, vor allem auch Intelligenz für die Wahl eines neuen Konzernchefs innehabe.

Dass ein aufstrebendes Konkurrenzunternehmen nahezu gleichzeitig mutig ein zwar unerfahrenes, aber frisches Management erkannt hatte, nahmen die selbstgefälligen „Grandseigneure" nur am Rande zur Kenntnis. Es reichte ihnen schon, dass im Aufsichtsrat die Anna Lehner saß, die von Zement und Beton genauso wenig Ahnung hatte wie diese Jungspunde und Springsinsfelde der Konkurrenz. Womöglich war Anna Lehner sogar eine „Maulwurfin", die Interna der Great Germany AG an den Konkurrenten verriet ...

9

Projektleiter Jeronimus Kahn hatte das Baufeld großräumig absperren und die vom Einsturz bedrohte Baugrube mit Spundwänden absichern lassen. Vorwitzige Reporterfragen, was denn nun geschehen solle, beantwortete er energisch mit plausibel klingenden Argumenten: Archäologen untersuchten noch immer den Untergrund nach Spuren früherer Zivilisationen, Biologen und Umweltschützer siedelten zweischwänzige Zauneidechsen, den Halsbandschnäpper und die zunehmende Anzahl von Juchtenkäfern in sogenannte Ausgleichsflächen um. Das waren meist brachliegende Areale, auf denen eine Alibi-Pflanzung mit meist verschiedenen Obstbaumsorten vorgenommen wurde.

Zement und Beton, so versicherte der Projektleiter, seien genügend vorhanden, flössen jedoch derzeit in andere Weltmärkte. Dies habe keinerlei Einfluss auf den schnellen Baubeginn, zumal man einen „direkten Draht" zur EU in Brüssel habe, wo die Zement- und Betonströme dokumentiert, geprüft und verwaltet würden. Nicht umsonst säßen in der EU-Administration die fähigsten Politiker überhaupt – vor allem auch jene, die in ihren jeweiligen Heimatländern bereits Höchstleistungen vollbracht und dank ihrer überdurchschnittlichen Klugheit in eine höhere Ebene versetzt worden seien.

Eine offene Baugrube, betonte Projektleiter Kahn, vermittle die Gewissheit, dass Großes anstehe, das zu glauben, oberste Bürgerpflicht sei. Sämtliche Kameras waren bei diesen Worten auf ihn gerichtet, und die Journalisten der Printmedien schrieben sich die Finger wund. Denn wenn einer wie Kahn dies sagte, dann hatte das Gewicht. Dann brauchte man nicht mehr lange zu recherchieren. Dazu noch ein paar Sätze der Vorstandsvorsitzenden, und die Abendnachrichten des Fernsehens und die Spalten der Morgenzeitungen waren gefüllt. Natürlich gab es ein paar Überkritische, Miesmuffel und notorische Skeptiker. Aber deren Einwände wurden von der geballten Übermacht des medialen Mainstreams in geordnete Bahnen gelenkt. Wer es wagte, sich dagegen zu stellen, war schnell ein Außenseiter. Da erwies es sich als günstig, dass einige Querköpfe mit so abenteuerlichen Verschwörungstheorien, wie dass Bill Gates in den Beton Chips mit programmierten Selbstzerstörungsfristen mischen lasse, für Unruhe sorgten. Und es kam zupass, dass sich in die Demonstrantenschar derer, die an den Beschlüssen der Konzernleitung zweifelten, allerlei Chaoten mischten, sich Straßenschlachten mit der Polizei lieferten und politisch unappetitliche Parolen kreischten. Daraus ergab sich ein seltsames Gemisch, das nur eine Schlussfolgerung zuließ: Wer nicht kritiklos glaubte, was er vorgesetzt bekam, war dumm, dreist, gewaltbereit und hatte wirklich von nichts eine Ahnung.

Würden sie doch selbst merken, was geschah, wenn sie sich weigerten, die desolate Bausubstanz ihrer Häuser testen zu lassen, oder gar dem neuen Baustoff nicht vertrauten, der garantiert „demnächst" in Hülle und Fülle zu Verfügung stehen würde. Längst waren die ersten Betonwände aus den 60er- und 70er-Jahren zusammengebrochen. Inzwischen jedoch zeigte sich, dass auch Dächer gefährdet waren. Dort, wo Dachziegel zuhauf herabzustürzen drohten, wurden bereits behördliche Ausgangssperren angeordnet. Diese galten überall dort, wo wöchentlich pro Tag mehr als 100 Ziegel herunterfielen. Die Great German AG kündigte an, auch diese Schäden beheben zu können. Möglicherweise nächste Woche, vielleicht auch erst in einem Monat, ganz bestimmt. „Wir schaffen das", erklärte die CEOin.

10

Auf einer der Sitzungen des Aufsichtsrats stand wieder einmal unter Punkt 397a, Absatz 712 das Thema „Betonbeschaffung." Nachdem dieser Tagesordnungspunkt jedoch erst um 3.47 Uhr, also nach einer langen Diskussionsnacht zu früher Morgenstunde, aufgerufen wurde, waren die meisten Teilnehmer bereits sanft entschlummert. Eigentlich war jetzt üblicherweise die Zeit für unpopuläre Beschlüsse. Doch diesmal wurden einige unsanft aus den Träumen gerissen. Denn Konzernchefin Pörkel verkündete, dass der Beton von Astra Zementika, auf den man die ganze Hoffnung gesetzt habe, offenbar Qualitätsmängel aufweise, weshalb das Großprojekt in zeitlichen Verzug gerate. Die Frage werde sein, ob man diese Hiobsbotschaft den Investoren zumuten könne oder ob man den Beton für einzelne Bauteile verwenden sollte. „Vielleicht zuerst zur Stabilisierung des robusten älteren Materials", schlug Projektleiter Kahn forsch vor. Nach und nach könne man dann behaupten, es tauge auch für „neue Bauteile – oder sogar doch für alles."

„Aber das irritiert doch die Investoren und macht sie misstrauisch", wagte jemand aus der Runde einzuwerfen.

„Ganz im Gegenteil", versicherte Hans Watschel. „Damit unterstreichen wir doch nur, wie sorgfältig wir prüfen."

Sein Kontrahent Rödler fuhr ihm brüsk über den Mund: „Völliger Quatsch. Wir müssen klug vorgehen und auf das Zeug ganz verzichten." Ratlosigkeit machte sich in der Stille des frühen Morgens breit, während ein Saaldiener diskret mehrere leere Weinflaschen entsorgte. Schließlich meldete sich Watschel noch einmal: „Hat eigentlich schon mal jemand geprüft, woher die Hiobsbotschaft zu Zementika kommt?"

Chefin Pörkel zuckte mit den Schultern, worauf Rödler messerscharf resümierte: „Dann lasst uns doch mal schauen, wie sich heute früh die Aktienkurse der verschiedenen Betonhersteller entwickeln. Dann sehen wir bald, welcher davon profitiert."

„Sie meinen, es stecken finanzielle Interessen dahinter?", gab sich Kahn gekünstelt empört.

„Allmächd", entfuhr Rödel jenes Wort aus seiner fränkischen Heimat, das dort für den Ausdruck allergrößten Staunens stand. „Seien Sie doch nicht so einfältig. Es geht immer ums Geld. Immer. Immer und überall."

11

Die Besitzer von Häusern, die die Great German AG schon vor Jahrzehnten errichtet hatten, waren nun verstärkt aufgefordert worden, Beton, Zement und Dachziegel regelmäßig zu testen. Sollten sie einen positiven Befund feststellen, also bedrohlich wackelnde und lose Bauteile, müssten sie dies freiwillig den Behörden melden und in eine App programmieren lassen. Offenbar vertraute man in den Amtsstuben auf die Ehrlichkeit der Betroffenen. Doch mittlerweile hatte sich herumgesprochen, dass viele Hausbesitzer entdeckte Schäden verschwiegen, ja ihren Kindern sogar Ohrfeigen androhten, falls sie etwas ausplauderten, weil dann möglicherweise die ganze Straße gesperrt werde. Außerdem war es angeraten, nicht jeden herausgebrochenen Backstein oder jede herabgestürzte Dachplatte zu zählen, denn dies würde den Zementizenz-Wert ins Unermessliche steigern.

Vorsorglich hatte man jetzt die Kitas und Schulen geschlossen. Bislang hatte man geglaubt, herabfallende Ziegel würden die Kinder nicht treffen, doch nun gab es plötzlich gegenteilige Erkenntnisse – mit der Folge, dass der Nachwuchs per „Homeschooling" frühzeitig in die digitale Technik eingeweiht wurde, mit der Lehrer und meist auch Eltern nicht so recht zuwege kamen. Allerdings teilten sie sich daheim inzwischen mit Geschwistern sowie den im „Homeoffice" arbeitenden Mama und Papa einen Laptop oder ein kleines Smartphone. Weil jedoch die völlig überlastete Internet-Leitung auf dem technischen Stand des analogen Kabels war, bedurfte es stundenlanger Geduld, bis Daten down- oder upgeloadet werden konnten.

Die gesperrten Straßen boten ein trauriges Bild. Nur Lebensmittelläden und Drogeriemärkte konnten über Umleitungsstrecken noch aufgesucht werden. Um zur Kategorie der priori-

sierten Geschäften zu gehören, gingen Modege-
schäfte dazu über, Spaghetti und Toilettenpa-
pier in ihr Sortiment aufzunehmen. Auch Buch-
händler suchten mit dem Verkauf lebensnot-
wendiger Hilfsmittel, wie etwa Lesebrillen und
Lupen, verzweifelt, eine Lücke im völlig un-
durchsichtigen Paragrafen-Dschungel der Ver-
ordnungen und Gesetze. Täglich wurden in den
„Amtlichen Mitteilungen" der Zeitungen bishe-
rige Bestimmungen widerrufen und gleichzeitig
neue in Kraft gesetzt. Vielfach hielten sich
Ordnungshüter hinter ihren Formularbergen
versteckt, weil sie selbst nicht wussten, was
gerade galt oder nicht.

Dieses augenscheinliche Chaos in einem ansons-
ten angeblich hochtechnisierten und voll organi-
sierten Land trug freilich zur Verunsicherung
der Great German AG bei. Aber in dieser ver-
worrenen Situation stand dem Konzern und der
Regierung ein gnädiges Schicksal bei: Die Medi-
en konnten sich unerwarteterweise auf etwas
anderes stürzen. Irgendjemand hatte nämlich
den Hinweis „durchgestochen", wonach einige
Aktionäre heimlich in großem Stil auf den
Steinbrüchen der ganzen Welt den begehrten
Rohstoff für Beton aufgekauft hatten, um das
Material gegen eine bescheidene Aufwandsent-
schädigung an Konkurrenzunternehmen oder

nahezu uneigennützig an andere Staaten wei-
terzugeben. „Für nur einen halben Cent pro
Gramm", hatte einer der entlarvten Aktionäre
eingeräumt und offenbar gehofft, die ober-
flächlichen Journalisten heutiger Zeit würden
einfach übersehen, dass Steinbruch-Steine in
der Größenordnung von Hunderttausenden von
Tonnen gehandelt wurden. Doch es dauerte
nicht lange, bis ein investigativer Journalist
feststellte: „Das Zeug wird doch nicht auf die
Briefwaage gelegt." Bald wurde öffentlich, zu
welch riesigen Summen sich der halbe Cent pro
Gramm aufgetürmt hatte. Das böse Unwort von
„Korruption" machte die Runde. Drei oder vier
Aktionäre verkauften daraufhin zerknirscht
ihre Anteile, heimsten sich aber im Hintergrund
das Lob der Konzernführung und nebenbei einige bescheidene Millionen Euro ein.
Immerhin waren auf diese Weise das vermutete
Unvermögen und Versagen der Unternehmens-
leitung bei der Beschaffung des Betons für ein
paar Tage in den Hintergrund getreten. Wieder
bewahrheitete sich der Spruch eines der Auf-
sichtsräte, der dazu riet, zur Ablenkung immer
„eine neue Sau durchs Dorf zu treiben." Und um
ein gerade erst in Mode geratenes Wort zu
verwenden, fügte er jetzt triumphierend an:
„Schmutzeleien dafür gibt's doch genug."

12

Ein trister Sommer verging, der nächste zog
bald auf. Inzwischen hatte sich die Natur die
teilweise eingerutschte Baugrube zurückgeholt.
Pfützen bildeten sich, Kröten und Amphibien
siedelten sich an. Die zweischwänzige Zauneidechse hatte Nachwuchs, und der Juchtenkäfer bereits mehrere Kolonien gegründet. Der
Konzern Great German AG hatte sich entgegen
des allgemeinen Trends aber zur Freude der
grauen Eminenzen für Watschel als den neuen
obersten Chef entschieden.
Mehrmals wurden inzwischen die Pläne für das
Großprojekt geändert, zumal man allen Wün-
schen von Investoren, Aktionären und Auf-
sichtsratsmitgliedern gerecht werden wollte.
Niemand nahm ernsthaft zur Kenntnis, dass
sich andernorts im Lande eine andere Projekt-
gruppe zusammenfand, um Neues aus dem Bo-
den zu stampfen. Viel zu sehr war man im Konzern von sich selbst eingenommen, glaubte daran, dass alles so laufen würde, wie es immer
schon gelaufen war und dass sich aus der Baugrube doch noch etwas Modernes erheben würde.
Immerhin war es nach großen Anstrengungen
gelungen, doch noch Baustoff von Astra Zemen-

tika zu bekommen. Allerdings haperte es anfangs innerhalb des Konzerns gewaltig mit der Logistik, weil die einzelnen „Divisionen" eher gegeneinander als miteinander arbeiteten und die Büros mit Formularen überfrachtet waren, aus deren wilder Papierflut einige „Mausklicker" nicht mehr herausfanden, weshalb das Technische Hilfswerk sie mit „schwerstem Gerät" hatte bergen müssen. Ganze Ladungen Beton verschwanden auf dubiosen Wegen, die Auslieferung in die einzelnen Verteilerstationen geriet durcheinander. Bisweilen fanden sich dann wieder ein paar eingedoste Tonnen Beton in merkwürdigen Rücklagen. Eigens installierte Ausgabezentren verwaisten, weil es keine Abnehmer gab, andere schlugen angesichts des fehlenden Stoffs Alarm.

Der Versuch, Bestellungen über online-Plattformen oder über Hotlines zu beschaffen, führte ins Nirwana. Nur die Versorgung mit Formularen schien ungestört zu verlaufen. Für deren Bearbeitung wurden überall im Lande neue Stellen für Controller geschaffen, Büros angemietet und Sachbearbeiter für die Entwicklung weiterer Formulare eingestellt. Oberste Priorität war es, die Dokumente so zu gestalten, dass deren ordnungsgemäßes Ausfülen zu baldiger Resignation irgendwelcher vorwitziger Antragsteller führte.

Einzig Projektleiter Kahn schwang sich zu überbordendem Optimismus auf: „Deutschland hat auf eindrucksvolle Weise gezeigt, wie ein Chaos entsteht und wie man ihm entkommt." Dies werde Anlass für viele wissenschaftliche Studien und bei künftigen Studenten-Generationen auch Thema für Doktorarbeiten sein. Angedacht sei der Studiengang zum Titel „Doktor chaos. german", doch werde wohl auch das Studium zum „Master of Desaster" eingerichtet.

13

So langsam schien trotz allem wieder Normalität einzukehren. Beton und Zement waren zwar erhältlich, das geplante Großprojekt hatte man jedoch den dringend gebotenen Sparmaßnahmen geopfert. Außerdem waren Natur- und Umweltschützer mit ihrer Forderung, die Baugrube als wichtiges Biotop auszuweisen, erfolgreich gewesen.

Sogar Konzernchefin Angelika Pörkel fand bei ihrer Abschiedsrede im Hinblick auf die bunte Blumenwiese, die auf dem ehemaligen Baufeld entstanden war, lobende Worte: „Bei manchem, was sich in Deutschland tut, ist es besser, man lässt Gras drüber wachsen."